1. Lesestufe

Martin Klein

Piratengeschichten

Mit Bildern von Silke Voigt

Ravensburger Buchverlag

Bibliografische Information der Deutschen Nationalbibliothek:

Die Deutsche Nationalbibliothek verzeichnet diese Publikation
in der Deutschen Nationalbibliografie.
Detaillierte bibliografische Daten sind im Internet
über **http://dnb.d-nb.de** abrufbar.

10 11 12 15 14 13

Ravensburger Leserabe
© 2005 Ravensburger Buchverlag Otto Maier GmbH
Umschlagbild: Silke Voigt
Umschlagkonzeption: Sabine Reddig
Redaktion: Marion Diwyak
Printed in Germany
ISBN 978-3-473-36080-2

www.ravensburger.de
www.leserabe.de

Inhalt

Besuch auf der Gräten-Insel   4

Der kleine Pirat Tom   15

Reim-Fluchen
und Lebertran-Limo   22

Käpt'n Bobs Augenklappe   30

Leserätsel   41

Besuch auf der Gräten-Insel

Irgendwo in den sieben Meeren
liegt die Gräten-Insel.
Nur ein paar Möwen und Fische wissen,
wo das ist.

Doch heute
fliegen die Möwen
eilig davon.

Die Haie
verschlucken sich
am Salzwasser.

5

Überall Totenköpfe
auf schwarzen Fahnen!

Die grinsen sie an!
Jede Menge Piratenschiffe segeln heran!

Das erste ist von Bob Filzlocke
aus der Karibik.
Kämme zerbrechen an seiner Frisur.

Danach kommt Käpt'n Igor aus
Grönland.
Er trägt seine Eisbären-Mütze
auch bei glühender Hitze.

Nun kommt Käpt'n Bam Bus
aus der Chinesischen See.
Sein Schiff tanzt leicht
wie ein Korken über das Wasser.

Käpt'n Albert der Grüne
erreicht die Bucht.
Algen wachsen in seinem Bart.

„Ahoi, ihr Sprotten!",
schreit Käpt'n Stine.
Sie ist der Schrecken der Nordsee
und stark wie ein Wal.

Ein Schiff nach dem anderen
erreicht die Gräten-Insel.
Alle Piraten der sieben Meere
treffen ein.

Sie wollen feiern
und sich im Wettkampf messen.

Sie wollen mit alten Holzbeinen
Feuer anzünden
und fässerweise Rum trinken.

Sie wollen entern, böllern und grölen,
schnarchen, fluchen und rülpsen
nach schönster Piratenart.

Der Beste von ihnen soll
König aller Piraten sein.
So haben sie es beschlossen.

Der kleine Pirat Tom

Tom ist Schiffsjunge
auf der Reggä-Queen.
So heißt das Schiff von Bob Filzlocke.
Viele Kinder beneiden Tom,
weil er auf einem Piratenschiff lebt.

Ein Pirat sitzt nicht in der Schule.
Er klettert die Strickleiter hinauf.

Ein Pirat macht keine Hausaufgaben.

Er sitzt oben im Ausguck

und hält nach Schätzen Ausschau.

Ein Pirat wäscht sich nicht die Hände.

Er wischt den Schmutz

an Hemd und Hose ab.

Das klingt gut.

Viele Leute wissen aber nicht,
wie hart der Job ist.
Ein kleiner Pirat hat nämlich
viel mehr zu tun
als normale Schiffsjungen.

Die schrubben das Deck
und schälen Kartoffeln.
Tom aber hat auch noch
Käpt'n Bobs Holzbein zu streichen.

Er ordnet die Säbel
von Gerade nach Krumm
und staubt die Kanonenkugeln ab.

Er wäscht die Totenkopf-Flagge,
bringt Käpt'n Bobs Papagei
das Schwimmen bei
und füttert die Schiffsratten.

Er kann Piratenlieder singen,
bis die Ratten erstarren.

Er fuchtelt mit dem Taschenmesser,
bis der Papagei sich ergibt.
Jetzt freut er sich auf die Gräten-Insel.

Auch die kleinen Piraten
werden feiern und spielen.
Dabei werden sie jede Menge
erbeutete Süßigkeiten essen.
Und einer soll Piratenprinz sein.
So haben sie es beschlossen.

Reim-Fluchen und Lebertran-Limo

Es ist so weit.
Die Gräten-Insel bebt.
Scheußliche Lieder
tönen aus rauen Kehlen.

Feuer knistern. Säbel klirren.

Kanonen verbreiten Pulvergestank.

Die Wettkämpfe sind in vollem Gange!

Die Piraten feiern ihr Fest.

Mit Fluchen geht's los.
„Krätze, Pest und bleiche Knochen,
ihr sollt in der Hölle kochen!",
schreit Tom.

Klarer Fall.

Der Sieg gehört ihm.

Doch nun folgt
ein schwieriger Wettkampf:
Lebertran-Limo-Trinken!

Das ist ein Tropfen Orangensaft
mit einem Eimer Lebertran gemischt.

Toms Trick geht so:
Er stellt sich vor,
er habe riesigen Durst.
Ganz fest.

Er schwört beim Klabautermann,
die Lebertran-Limo sei Apfelsaft.
Tom trinkt den Eimer
in einem Zug leer! Geschafft!

Nun fehlt ihm nur noch
der Sieg im Schleudern.
Dann ist er der Piratenprinz.
Schleudern kann Tom am besten.

Doch plötzlich wird er blass
wie der Bauch einer Flunder.
Seine Schleuder ist fort!

Käpt'n Bobs Augenklappe

Wo ist die Schleuder?!
Vorhin war sie noch da.
Toms kostbare Schleuder!
Einfach verloren?!

Ohne Schleuder kein Sieg.

Ohne Sieg kein Piratenprinz.

Ersatz muss her. Und zwar schnell.

Tom flitzt los.

Die großen Piraten halten Mittagsschlaf.

Die Wettkämpfe waren hart.

Und Toms Käpt'n hat gewonnen!
Nach der Pause soll Käpt'n Bob
zum Piratenkönig ernannt werden.

Er liegt in einer leeren Schatzkiste
und schnarcht wie eine dicke Robbe.

Seine Augenklappe liegt neben ihm.

Käpt'n Bobs Augenklappe.

Bunt wie ein Regenbogen

und dehnbar wie … Ha!

Ja! … wie eine Schleuder!

Bob wacht spät auf.

Er greift nach seiner Augenklappe.

„WUUOOAARGH!!"
Ein fliegender Fisch
stürzt vor Schreck ab.
„WO IST MEINE KLLLAAAPPPEEE?!!"

Ohne Augenklappe
kann niemand Piratenkönig sein.
Ohne Augenklappe
ist ein Piratenkapitän nichts.
Gar nichts.

Tom flitzt herbei.

Gerade noch rechtzeitig.

Tom, der beste Schleuderer

auf der Gräten-Insel.

Er strahlt und

überreicht Bob die Schleuder-Klappe.

Der Käpt'n beruhigt sich.

Er atmet auf wie ein See-Elefant.

Er lächelt Tom an.

Tom lächelt zurück.

Tom und der Piratenkönig.

Bob Filzlocke und sein Piratenprinz.

Bald gehen sie wieder gemeinsam
auf große Fahrt.

Martin Klein wurde 1962 in Lübeck geboren, aufgewachsen ist er zusammen mit drei Geschwistern im Rheinland. Nach einer Lehre als Landschaftsgärtner studierte er Landschaftsplanung an der TU Berlin, 1993 machte er sein Diplom. Zu diesem Zeitpunkt hatte er ganz nebenbei schon vier Bücher veröffentlicht. Heute lebt er als freier Autor und Landschaftsplaner in Potsdam. Für den Leseraben hat Martin Klein auch die Bücher vom „Kleinen Dings" geschrieben.

Silke Voigt wurde 1971 in Halle an der Saale geboren. Sie hat zunächst an der Kunsthochschule Burg Giebichenstein in Halle und später an der Fachhochschule für Gestaltung in Münster Grafikdesign studiert. Seit 1996 arbeitet sie als freiberufliche Illustratorin. Für den Leseraben hat sie schon zahlreiche Bücher illustriert, darunter die „Pferdegeschichten" von Ulrieke Ruwisch und „Timmi in der Hexenschule" von Ingrid Uebe.

Leserätsel

mit dem Leseraben

Super, du hast das ganze Buch geschafft!
Hast du die Geschichten ganz genau gelesen?
Der Leserabe hat sich ein paar spannende
Rätsel für echte Lese-Detektive ausgedacht.
Mal sehen, ob du die Fragen beantworten kannst.
Wenn nicht, lies einfach noch mal
auf den Seiten nach. Wenn du die richtigen
Antwortbuchstaben in die Kästchen auf Seite 42
eingesetzt hast, bekommst du das Lösungswort.

Fragen zu den Geschichten

1. Warum treffen sich die Piraten der sieben Meere
   auf der Gräten-Insel? (Seite 11)
   P: Sie wollen nach einem Schatz suchen.
   F: Sie wollen feiern und sich im Wettkampf
   messen.

2. Was gehört zu Toms Aufgaben als Schiffsjunge?
(Seite 18–19)

A: Er muss den Wettkampf auf der Gräten-Insel
vorbereiten.

L: Er muss Käpt'n Bobs Holzbein streichen und
die Kanonenkugeln abstauben.

3. Was werden die kleinen Piraten auf dem Fest
machen? (Seite 21)

U : Sie werden Süßigkeiten essen und einen
Piratenprinzen wählen.

G: Sie werden die großen Piraten bedienen.

4. Warum wird Tom blass wie eine Flunder?
(Seite 29)

E : Weil seine Schleuder verschwunden ist.

V: Weil ihm von der Lebertran-Limo übel ist.

Lösungswort:

| 1 | 2 | 3 | N | D | 4 | R | |

Rabenpost

Jetzt wird es Zeit für die Rabenpost! Besuch mich doch auf meiner Homepage **www.leserabe.de** und gib dort unter der Rubrik „Leserätsel" das richtige Lösungswort ein. Es warten außerdem noch tolle Spiele und spannende Leseproben auf dich! Oder schreib eine E-Mail an **leserabe@ravensburger.de**. Jeden Monat werden 10 Buchpakete unter den Einsendern verlost! Natürlich kannst du mir auch eine Karte schicken.

An den LESERABEN
RABENPOST
Postfach 2007
88190 Ravensburg
Deutschland

Ich freue mich immer über Post!

Dein Leserabe

Ravensburger Bücher

Leserabe

1. Lesestufe für Leseanfänger ab der 1. Klasse

ISBN 978-3-473-**36204**-2

ISBN 978-3-473-**36389**-6

ISBN 978-3-473-**36322**-3

2. Lesestufe für Leseanfänger ab der 2. Klasse

ISBN 978-3-473-**36286**-8

ISBN 978-3-473-**36372**-8

ISBN 978-3-473-**36288**-2

3. Lesestufe für Leseanfänger ab der 3. Klasse

ISBN 978-3-473-**36329**-2

ISBN 978-3-473-**36290**-5

ISBN 978-3-473-**36289**-9

Ich habe mein nächstes Buch schon gefunden. Und du?

www.leserabe.de

Ravensburger

ERZ_12_008